## BIBLIOTHÈQUE
## DU THEATRE MODERNE

# LA
# REVUE POUR RIEN

## OU

## ROLAND A RONGE VEAU

REVUE-PARODIE ET CAUSERIE LITTÉRAIRE EN DEUX ACTES
HUIT TABLEAUX ET DEUX INTERMÈDES

PAR

## MM. CLAIRVILLE, SIRAUDIN ET E. BLUM

MUSIQUE DE M. HERVÉ

Représentée sur le théâtre des Bouffes-Parisiens,
le mardi 27 décembre 1864.

## PARIS
## E. DENTU, ÉDITEUR

LIBRAIRE DE LA SOCIÉTÉ DES GENS DE LETTRES

PALAIS-ROYAL, 17 ET 19, GALERIE D'ORLÉANS

# BIBLIOTHÈQUE DU THÉATRE MODERNE

## EN VENTE CHEZ DENTU, ÉDITEUR :

# LA
# REVUE POUR RIEN

ou

# ROLAND A RONGE VEAU

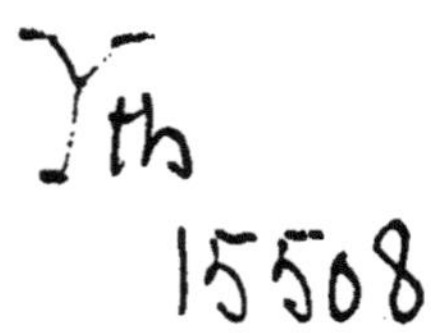

COULOMMIERS. — TYP. A. MOUSSIN ET CHARLES UNSINGER.

# LA
# REVUE POUR RIEN

OU

## ROLAND A RONGE VEAU

REVUE-PARODIE ET CAUSERIE LITTÉRAIRE EN DEUX ACTES
HUIT TABLEAUX ET DEUX INTERMÈDES

PAR

## MM. CLAIRVILLE, SIRAUDIN ET E. BLUM

MUSIQUE DE M. HERVÉ

Représentée sur le théâtre des Bouffes-Parisiens,
le mardi 27 décembre 1864.

**PARIS**

**E. DENTU, ÉDITEUR**

LIBRAIRE DE LA SOCIÉTÉ DES GENS DE LETTRES

PALAIS-ROYAL, 17 ET 19, GALERIE D'ORLÉANS

—

1865

# Personnages du premier acte.

| | | |
|---|---|---|
| BOURRICHON. | MM. | Henzey. |
| GROSMULOT. | | Désiré. |
| LE VICOMTE. | | Arnal. |
| UN MONSIEUR. | | Desnom. |
| LE CONTROLEUR. | | Léonce. |
| UNE OUVREUSE. | Melles | Debar. |
| ORPHÉE. | | Irma—Marié. |
| MACLOUD. | | Mesmacre. |
| LE PETIT JOURNAL. | | Léonie. |
| LE GRAND JOURNAL. | | |
| LE CLUB. | | Deferté. |
| LE JOCKEY. | | Ida Lange. |
| LE DIABLE VERT. | | Marie Brun. |
| L'INSPECTEUR. | M. | Jean Paul. |
| BIGAREAU. | | |
| UNE CANTATRICE. | Mmes | Tostée |
| | | H. Loyé. |
| CAFÉS CONCERTS. { | | Lovato. |
| | | A. Garoist. |
| | Melle | Géraldine. |

S'adresser pour la mise en scène à M. Desmonts, régisseur des Bouffes-Parisiens.

# LA
# REVUE POUR RIEN

## ou

## ROLAND A RONGE VEAU

---

## ACTE PREMIER

---

### Premier Tableau.

Un bureau encombré de meubles et de marchandises; sur tous les murs de grandes affiches : sur les plus grandes au fond on lit : LA REVUE POUR RIEN.

## SCÈNE PREMIÈRE

**BIGAREAU, EMPLOYÉS**, rangeant les marchandises ensuite **BOURRICHON.**

### CHŒUR.

Mes amis (*bis*) faisons rage

A l'ouvrage.
Et de notre bourgeois secondons les projets.
Déployons (*bis*) du zèle et du courage,
Ce n'est qu'ainsi qu'on arrive au succès.

**BOURRICHON**, entrant sur la fin du chœur.

Parfait, bravo !... tout le monde à la besogne, rangez, étalez, exposez toutes les marchandises.

**BIGAREAU.**

C'est fait patron.

**BOURRICHON.**

Très-bien, Bigareau, va voir si la foule n'encombre pas mes antichambres.

**BIGAREAU.**

J'en viens, patron, ils sont déjà un.

**BOURRICHON.**

Un, c'est le commencement de plusieurs, qu'il entre, et vous autres décampez par l'escalier de service. (Les employés sortent par la gauche.) Allons, allons, ça commence et je ne doute pas...


# SCÈNE II

## BOURRICHON, BIGAREAU, GROSMULOT.

**BIGAREAU, montrant Bourrichon.**

Monsieur Bourrichon...

**GROSMULOT, empressé.**

C'est vous monsieur qui êtes Bourrichon?

**BOURRICHON.**

Oui, Monsieur.

**GROSMULOT.**

Monsieur, je suis arrivé hier au soir de Mézidon (Calvados), et tout à l'heure, en sortant de mon hôtel, on m'a donné ce prospectus qui, je vous l'avoue, confond mon ingénuité.

**BOURRICHON.**

Votre ingénuité...

**GROSMULOT.**

Est confondue, oui, monsieur. Est-il vrai que vous donniez, à tous ceux qui vous en demandent, des billets de spectacle pour rien?

**BOURRICHON.**

Oui, monsieur.

**GROSMULOT.**

Pas possible !

**BOURRICHON.**

Puisque vous avez mes prospectus...

**GROSMULOT.**

Mais je n'osais pas y croire... ah! monsieur, l'homme capable de ces choses là ne peut être qu'un grand philanthrope, ou un idiot, car enfin, comment pouvez-vous vous y retrouver ?

**BOURRICHON.**

Avez-vous entendu parler de la *Gazette des Abonnés ?*

**GROSMULOT.**

Oui, vraiment, un journal qui abonne, les abonnés d'un autre journal, en se chargeant lui-même de l'abonnement des abonnés qui, en se désabonnant, sans se désabonner. s'abonnent à la *Gazette des Abonnés.*

**BOURRICHON.**

C'est cela même, si bien qu'au lieu de n'avoir qu'un seul journal...

**GROSMULOT.**

On en a deux.

**BOURRICHON.**

Donc, si l'un ne vous amuse pas...

**GROSMULOT.**

Et si l'autre vous ennuie...

**BOURRICHON.**

On en a deux.

**GROSMULOT.**

Voilà.

**BOURRICHON.**

Eh bien, monsieur, ma spéculation est la même, recevez-vous un journal ?

**GROSMULOT.**

Oh ! non, monsieur, j'attends encore... on les donne pour rien maintenant. Il est probable qu'avant peu, on paiera ceux qui les liront. Ce jour là je prendrai deux abonnements.

**BOURRICHON.**

Je ne puis vous donner de billet gratis que si vous con-
sentiez à prendre quelque chose.

**GROSMULOT.**

Merci, monsieur, j'ai dîné, d'ailleurs, je connais les lois de
la discrétion.

**BOURRICHON.**

Vous ne me comprenez pas, à prendre, c'est à dire à m'a-
cheter quelque chose.

**GROSMULOT.**

Ah! bon! pour avoir un billet gratis, il faut que j'achète...

**BOURRICHON.**

Comme à la *Gazette des Abonnés.*

**GROSMULOT.**

Oui! oui! oui, j'y suis, c'est une prime. Alors, vous ven-
dez...

**BOURRICHON.**

De tout, meubles, pendules, livres, petit salé, graine de
moutarde, corsets.

**GROSMULOT.**

Attendez, quelle somme faut-il dépenser?

**BOURRICHON.**

Dame, il vous faut acheter pour une soixantaine de francs.

**GROSMULOT.**

Attendez encore!... En partant, ma femme m'a recom-
mandé de lui acheter un fauteuil-ganache en avez-vous?

**BOURRICHON.**

En voici, choisissez!

**GROSMULOT.**

Celui-ci me va. (S'asseyant dans le fauteuil.) Il est très-dur,
mais il me va. Combien?

**BOURRICHON.**

Il est étiqueté. (Regardant.) Juste 60 francs.

**GROSMULOT.**

En toute autre occasion, je marchanderais; mais avec un
homme qui me paie le spectacle... voilà la somme.

BOURRICHON.

Il me reste à vous donner... (Il se fouille.) Ah! dites-moi à quel théâtre voulez-vous aller?

GROSMULOT.

Aux Bouffes-Parisiens.

BOURRICHON.

Ah! vous êtes un amateur de revues?

GROSMULOT.

Si je suis?... croiriez-vous, monsieur, que tous les ans à pareille époque, je fais le voyage de Mézidon à Paris, uniquement pour assister à l'exhibition des nouveautés parisiennes. Et je ne vous cache pas que l'affiche des Bouffes-Parisiens m'a tiré l'œil : Roland à Rongeveaux! quel titre !

BOURRICHON.

N'est-ce pas?

GROSMULOT.

Je l'ai joué, moi, Roland, à Mezidon.

BOURRICHON.

Bah! vraiment?

GROSMULOT.

Oui, en société... on m'a dit que j'étais beau.

BOURRICHON.

Ça ne m'étonne pas! voilà votre billet.

GROSMULOT.

Un fauteuil de balcon, bravo! (Prenant sa ganache dans son bras.) Je pars !... (Il fait quelques pas et s'arrête.) Ah! diable !

BOURRICHON.

Quoi donc?

GROSMULOT.

Je réfléchis qu'on ne me laissera peut-être pas entrer avec ça.

BOURRICHON.

En effet, il est douteux.

GROSMULOT.

D'autant plus que j'ai déjà un fauteuil, ça m'en ferait trop... mais mon hôtel est ici près... Je dois avoir le temps ! (Il tire sa montre et laisse tomber une lettre.)

1.

**BOURRICHON.**

Vous perdez quelque chose.

**GROSMULOT.**

Ah! la lettre de ma femme, c'est votre prospectus qui me l'a fait oublier, on venait de me la remettre, vous permettez?

**BOURRICHON.**

Comment donc, faites.

**GROSMULOT,** lisant.

« Mon chéri...

**BOURRICHON.**

Plaît-il ?

**GROSMULOT.**

Non pas vous, son chéri, c'est moi.

**BOURRICHON.**

Ah ! bien, bien.

**GROSMULOT,** continuant.

« Ne t'occupe pas de la ganache que je t'ai demandée. « Notre cousin Frédéric vient de nous en procurer une dé- « licieuse... on est très-bien assis dessus ! »... Ah! sapristi.

**BOURRICHON.**

Qu'est-ce?

**GROSMULOT.**

Ah! sac à papier... vous avez entendu, ça va faire trop de ganaches à la maison.

**BOURRICHON.**

N'est-ce que cela? je puis vous la reprendre.

**GROSMULOT.**

Vous auriez cette bonté?

**BOURRICHON.**

Seulement, vous allez comprendre cela, je ne puis la reprendre pour le prix de vente.

**GROSMULOT.**

C'est trop juste, ça ne serait plus du commerce, nous disons donc, alors...

**BOURRICHON.**

Que sur vos 60 francs je vous rends 40 francs.

GROSMULOT, vivement.

Mais vous me laissez le billet de spectacle?

BOURRICHON.

Comment donc, trop heureux de vous faire une politesse,
voici 40 francs.

GROSMULOT.

Merci, monsieur, et maintenant tout aux beaux-arts... Je
vais voir Roland.

CHŒUR.

Non, vaiment, rien n'est plus nouveau.
Sans la moindre dépense
Je verrai, quelle chance,
Roland à Rongeveau.

BOURRICHON.

Non, vraiment, rien n'est plus nouveau.
Sans la moindre dépense
Vous verrez, quelle chance,
Roland à Rongeveau.

(Grosmulot sort sur la reprise et le rideau baisse.)

(A peine est-il baissé qu'un monsieur placé au balcon côté gauche,
s'écrie.)

LE MONSIEUR.

Vous m'ennuyez!...

LE CONTROLEUR.

Pardon, monsieur, je vous parle tout bas, ne faites pas de
scandale.

LE MONSIEUR.

Voulez-vous me laisser tranquille?

LE CONTROLEUR.

Ah! vous criez? Eh bien, nous allons crier tous les deux!
(Criant.) Pourquoi avez-vous donné une pièce suisse à la bura-
liste?

LE MONSIEUR.

Elle ose dire...

LE CONTRÓLEUR.

Que vous avez passé avec une pièce qui ne passe plus, oui,
monsieur!

LE MONSIEUR, se levant.

Une pareille ayanie... ah ! nous allons voir... gardez-moi ma place, monsieur. (Il sort.)

LE CONTROLEUR, passant à la place.

C'est bon, je la garde et la pièce suisse aussi... Tiens, on est très-bien ici, on voit la salle de face, tandis qu'en ma qualité de contrôleur je ne la vois jamais que du côté pile. Pour en revenir à cette pièce suisse, elle me rappelle qu'un jour, j'eus l'idée de demander un congé à l'administration pour aller voir *La jeunesse de Mirabeau*. Toutes les idées sont respectables, mais je me trouvais encore à huit heures devant l'Institut que l'on était en train de gratter, oui, je ne sais pas ce qui le démange, mais on le gratte souvent, l'Institut ; pour arriver plus vite, j'avise un fiacre, un 20 sous, un 15 minutes et je dis au cocher — noblement, — comme ça : au Vaudeville, allez, démarons !... en arrivant, tant j'étais pressé de voir Mirabeau, je tire 20 francs de ma poche, je ne regarde pas ce qu'on me rend et je pars. Savez-vous ce qu'il m'avait rendu ce cocher ? 14 pièces suisses. Oh ! je les ai conservées, je les ai là. (Il fouille dans sa poche.)

UNE OUVREUSE, paraissant au balcon de droite..

Le n° 18 sur le devant, là-bas, la place vide.

GROSMULOT.

Merci, madame, pardon, messieurs. (Il passe au fauteuil indiqué.)

LE CONTROLEUR.

Si l'on peut arriver au spectacle à cette heure-là ! pour déranger tout le monde, c'est indécent.

GROSMULOT, qui vient de s'asseoir, se relevant instantanément en jetant un grand cri.

Aïe !

LE CONTROLEUR.

Hein, quoi donc ?

GROSMULOT.

Sapristi, qu'est-ce que c'est que ça ? (Montrant l'objet.) Une aiguille à tricoter.

**L'OUVREUSE.**

Ah! c'est la mienne, je la cherchais, merci monsieur, de l'avoir retrouvée.

**GROSMULOT.**

On n'oublie pas ces choses-là dans les fauteuils.

**L'OUVREUSE,** revenant.

Mais pardon, monsieur, c'est un billet d'hier que vous m'avez donné-là.

**GROSMULOT.**

Comment un billet d'hier? on me l'a donné aujourd'hui.

**LE CONTROLEUR.**

Un billet donné! ah! nous allons voir... pardon messieurs. (Il sort.)

**GROSMULOT.**

De quoi, nous allons voir... qu'est-ce qu'il veut voir ce monsieur? Si on me l'a donné? Oh! non, on ne me l'a pas donné, il me coûte 20 francs, mon billet de faveur, j'ai fait le compte, 15 francs plus cher qu'au bureau... Ah! si on m'y reprend...

**LE CONTROLEUR,** reparaissant au balcon, côté droit.

Monsieur, ce billet est d'hier, vous ne pouvez pas rester là.

**GROSMULOT.**

Comment, je ne peux pas... saperlotte. (Se cramponnant au balcon.) Je suis ici, de par la force de mes capitaux, je n'en sortirai que par la volonté des bayonnettes.

**LE CONTROLEUR,** très-doux.

Monsieur, ne nous obligez pas d'employer la violence, voilà votre billet! vendredi 7, nous sommes au samedi 8, par conséquent, donnez 5 francs ou sortez.

**GROSMULOT.**

A la bonne heure, voilà des raisons, quand on me prend a r la douceur. (Tirant son porte monnaie.) Il est évident que le n'est pas le 7, voilà 10 francs, rendez-moi.

**LE CONTROLEUR.**

Volontiers.

**GROSMULOT.**

C'est égal, elle me coûte 25 francs, ma place.

LE CONTROLEUR, lui rendant sa monnaie.

Voilà, monsieur ! (Il sort.)

GROSMULOT, sans regarder.

Merci, monsieur... ouvreuse, l'Entr'acte.

L'OUVREUSE.

Oui, monsieur.

GROSMULOT.

N'a-t'on pas raison de dire que rien n'est plus cher que les choses gratis... ça me rappelle l'exposition de peinture de la rue Laffite. On me dit que de superbes tableaux sont exposés rue Laffite, j'y vais... Une dame à la porte s'empare de mon parapluie je lui donne deux sous et j'entre dans une salle où se trouvent quatre tableaux, je sors et la dame en me rendant mon parapluie, me dit : — Avéz-vous vu la salle des mécaniques?... — Non. — C'est en face... — Merci... j'y vais, un monsieur reprend mon parapluie... Je lui donne deux sous et j'entre... Je vois quatre mécaniques et je m'en vais... Le monsieur me rend mon parapluie et me dit : — Avez-vous vu la salle des antiquité?... — Non. — Monsieur, c'est à gauche. — Merci. J'y vais, une jeune fille vient à moi d'un air dou- cereux et demande mon parapluie... je lui donne deux sous et j'entre et ainsi de suite quatorze fois.

L'OUVREUSE.

Monsieur, voici l'Entr'acte.

GROSMULOT.

Merci, payez-vous. — J'ai visité quatorze salles, déposé 14 fois mon parapluie et donné 28 sous — 80 centimes de plus qu'à l'exposition de peinture du Palais de l'Industrie... voilà ce qu'on appelle le gratis à Paris.

L'OUVREUSE.

Monsieur, vous me donnez une pièce suisse.

GROSMULOT.

Bah! tiens c'est vrai... en voici une autre.

L'OUVREUSE.

C'est encore une pièce suisse.

### GROSMULOT.

Encore... comment se fait-il ?... (Prenant l'argent qu'il a dans
sa poche.) Que vois-je?... cinq pièces suisses. (Criant), ah! J'y
suis, c'est l'homme de tout à l'heure! contrôleur! contrôleur!

### LE CONTRÔLEUR, dans le haut de la salle.

On m'appelle ?

### GROSMULOT.

Vous m'avez rendu cinq francs de pièces suisses.

### LE CONTRÔLEUR.

Je n'en sais rien, mais n'essayez pas de les passer ou je
vous fais arrêter.

### GROSMULOT.

C'est juste, il a raison, il est défendu ; mais sapristi, ça me
fait 30 francs. (On frappe trois coups, s'asseyant.) Ah! si l'on me
reprend à accepter des billets pour rien... (Pendant l'ouverture.)
Ah! sapristi! Je n'ai plus de tabac! Il me serait impossible
d'entendre... Pardon, messieurs, gardez-moi ma place, je re-
viens tout de suite ! (Il sort, l'ouverture continue, puis le rideau se
relève et le théâtre laisse voir une place publique.)

---

# SCÈNE PREMIÈRE

**MACLOUD, LE POSTILLON DU PETIT JOURNAL, LE GRAND
JOURNAL, LE JOCKEY, LE CLUB, LE DIABLE VERT.**
(Tous les journaux poursuivent Macloud, lequel porte deux melons sous
son bras et une hotte pleine de melons sur le dos.)

### CHŒUR.

Air :

Allons ! allons !
Donnez-nous des melons.
Tous, nous nous signalons
Sans cesse,
Dans la presse,
Allons ! allons !

Donnez-nous des melons,
Des melons, des melons,
Nous voulons
Des melons.

MACLOUD.

Notre tàch' ne s'ra pas mince
Ft nos m'lons s'ront hors de prix
S'il faut, vraiment, que la province
De m'lons décor' tout Paris.

REPRISE.

Allons! allons !

MACLOUD.

Allez-vous me laisser tranquille ? A t'on jamais vu ça?...

LE PETIT JOURNAL.

Donne-moi un petit melon !

LE GRAND JOURNAL.

Donne m'en un gros !

TOUS.

Et à moi aussi, et à moi aussi !

MACLOUD.

Encore, mais je vous assure que mes melons sont retenus et d'ailleurs quels sont vos droits pour y prétendre?

LE PETIT JOURNAL.

Le succès... vois !... Je promène le Petit Journal en poste dans une voiture de déménagement.

LE GRAND JOURNAL.

Moi, je suis le Grand Journal, la plus grande feuille du jour.

MACLOUD.

La plus grande feuille de papier.

LE CLUB.

Le Club, qui doit lancer le Jokey.

LE JOCKEY.

Le Jockey, que le Club fera courir.

LE DIABLE VERT.

Le Diable Vert pour faire suite au Nain Jaune!

**MACLOUD.**

Mes petits enfants!... Je vous aime... Je vous estime. Je ne vous lis pas... mais de là à vous honorer de cette distinction littéraire que j'ai sous le bras... n'y comptez pas, ça ferait crever de rire le Parnasse...

**TOUS.**

Insolent !

**MACLOUD.**

Ne nous fâchons pas !

Air :

D'*Cabillon-les-Taureaux*, j'arrive
Je suis Macloud le maraîcher
Et des melons que je cultive
Un grand homm' seul peut approcher.
Des cantaloups de nos provinces
J'apporte les échantillons.
Et des auteurs faut être princes
Pour avoir droit aux princes des m'lons.
Avec un m'lon faisant ses emplettes
Un' commun' dans ces temps derniers
Acheta les œuvres complètes
De l'un d' vos plus grands romanciers.
A son exemple tout grand homme
Doit s' décorer de cette façon,
Jadis on leur donnait la pomme,
Maintenant on leur donne un m'lon.
Mais quant à vous, arrière, arrière,
N' comptez pas sur mes cantaloups
Je ne veux pas d'un m'lon littéraire
Décorer des feuilles comme vous.

**ENSEMBLE.**

**MACLOUD.**

Je le répète, arrière, arrière,
Mes melons ne sont pas pour vous,
Je n' veux pas d'un m'lon littéraire
Décorer des feuilles comm' vous.

**LES JOURNAUX.**

Ah! tu braves notre colère,
Tremble, contre toi ligués tous .

Nous allons déclarer la guerre
A toi comme à tes cantaloups.

(Ils sortent.)

## SCÈNE II

### MACLOUD, puis un INSPECTEUR.

**MACLOUD, seul.**

Ouf, m'en voilà débarrassé. (Otant sa hotte qu'il place dans un coin.) A-t'on idée de ça ? (Pendant ces quelques mots un monsieur que l'on a vu passer et repasser pendant la scène précédente s'est approché de Macloud qu'il interrompt.) C'est effrayant tout ce que mes melons attirent autour de moi d'êtres curieux et bizarres... on dirait qu'ils ont le pouvoir d'évoquer tout ce qui est nouveau à chaque pas que je fais... (L'inspecteur lui frappe sur l'épaule.) Allons, encore...

**L'INSPECTEUR.**

Pardon, monsieur, ne venez-vous pas de descendre d'une voiture verte ?

**MACLOUD.**

Oui, monsieur... J'étais fatigué, mes melons et moi, j'avais pris une voiture.

**L'INSPECTEUR.**

Est-ce à l'heure ou à la course que vous l'avez prise ?

**MACLOUD.**

Que je l'ai prise... Ah ! la voiture ?... A l'heure.

**L'INSPECTEUR.**

Et le cocher fut-il convenable?

**MACLOUD.**

Le cocher... mais oui, à ce point que j'ai cru être brouetté par un homme du monde.

**L'INSPECTEUR.**

Et où le prîtes-vous?

**MACLOUD.**

Où je le pris ? Rue Neuve-Saint-Eustache, devant un charcutier.

L'INSPECTEUR.

Il prétends que vous l'avez pris rue Éginard.

MACLOUD.

Où prenez-vous la rue Éginard?

L'INSPECTEUR.

Je ne la prends pas, c'est vous qui l'avez prise pour prendre votre cocher.

MACLOUD.

Je ne voudrais pas lui être désagréable, mais je vous certifie que je suis monté en voiture rue Neuve-Saint-Eustache.

L'INSPECTEUR.

Alors, monsieur, c'est le cocher qui nous trompe, dans quel but? je n'en sais rien.

MACLOUD.

Ni moi non plus.

L'INSPECTEUR.

Je le saurai, merci, monsieur.

MACLOUD.

Qu'est-ce que c'est que ce monsieur là? (On entend une ritournelle.) Allons bon, encore autre chose.


# SCÈNE III

**MACLOUD , LE CONCERT BATACLAN , LE CONCERT DE PAS DE LOUP, LE CONCERT DE FELICIEN DAVID, LE CONCERT DE LA RUE LAFFITTE.**

LE CONCERT BATACLAN.

Taratatata, taratatata,
Je suis un concert populaire.

LE CONCERT PAS-DE-LOUP.

Taratatata, taratatata,
Le plus populaire, c'est moi.

LE CONCERT FÉLICIEN DAVID.

Taratatata, taratatata,
Seul au peuple j'ai l'art de plaire.

LE CONCERT DE LA RUE LAFFITTE.

Je plais au peuple plus que toi.

BATACLAN.

A Bataclan, je vais, je pense
Avant peu me faire un grand nom.

LE CONCERT PAS-DE-LOUP.

Moi j'obtiens un succès immense,
Mais au Cirque Napoléon.

LE CONCERT FÉLICIEN DAVID.

Félicien David mérite
Tout le succès que j'ai déjà.

LE CONCERT DE LA RUE LAFFITTE.

Moi, je m'établis rue Laffitte
Pour contrarier l'Opéra.

TOUS LES CONCERTS.

Taratatata, taratatata,
Je suis un concert populaire ;
Toratatata, Tarata,
Mon genre doit plaire
        Et plaira !


MACLOUD.

Quatre Concerts !... et tous plus populaires les uns que les
autres.

LE CONCERT BATACLAN.

Oui, monsieur ! et quatre Concerts de jour !

LE CONCERT PAS-DE-LOUP.

Ne pas confondre avec les Concerts du soir.

MACLOUD.

Et quel est votre but?

LA RUE LAFFITTE.

Populariser la grande musique.

BATACLAN.

Et pour cela, je vais ouvrir le Concert Bataclan au boulevard Richard-Lenoir.

LA RUE LAFFITTE.

Moi, dans le jour, je montre, rue Laffitte, toutes sortes de
curiosités, et le soir j'exécute des symphonies en ut mineur.

LE CONCERT PAS-DE-LOUP.

Moi, au Cirque Napoléon, je suis Concert le matin et Élé-
phant le soir.

FÉLICIEN DAVID.

Quant à moi, monsieur, c'est différent; je suis le Concert de l'avenir! le Concert du boulevard des Italiens. Dans la semaine on montre des tableaux de M. Delacroix et le dimanche...

MACLOUD.

Encore de la musique... j'y suis... vous panachez les genres... vous profitez de ce que les loups n'y sont pas, de ce qu'il n'y a *pas de loups.*

LE CONCERT RUE LAFFITTE.

Grâce à la musique nous exprimons tout !... nous faisons de la morale au peuple... oui, monsieur, quand il sort de chez nous, et qu'il a entendu nos ouvertures, il rentre chez lui, corrigé.

MACLOUD, à part.

Corrigé d'y retourner.

LE CONCERT PAS-DE-LOUP.

Voulez-vous savoir comment nous moralisons en ut majeur?

MACLOUD.

Je n'osais pas vous le demander, mais puisque...

LE CONCERT RUE LAFFITTE.

Nous allons, mesdames mes collègues et moi, vous exécuter une symphonie pastorale moralisatrice... attention.

BATACLAN.

CHANT.

Faut-il vous imiter les bruits de la campagne,
Alors que le matin, allant à ses travaux,
Le pauvre laboureur suivi de sa compagne
De la plaine endormie éveille les échos.

(Symphonie imitative par les quatre Concerts.)

LE CONCERT PAS-DE-LOUP.

Le soleil s'est levé ! mille chants retentissent
Et déjà dans la plaine, activant leurs travaux,
Hommes, femmes et bœufs, chantent, parlent, mugissent,
Se mêlant au concert que donnent les oiseaux.

(Seconde symphonie.)

**LE CONCERT RUE LAFFITTE.**

Mais tout à coup sur la plaine assombrie,
Un nuage s'étend tout se tait à la fois,
Et les vents qui déjà soufflent avec furie,
Aux éclats de la foudre ont marié leurs voix.

(Troisième symphonie.)

**LE CONCERT FÉLICIEN DAVID.**

Avec le jour finit ce temps épouvantable,
Hommes, oiseaux et bœufs, heureux de se sécher,
Retournant au logis, dans leurs nids, à l'étable,
Le soleil va bientôt lui-même se coucher.

(Quatrième symphonie.)

**LES QUATRE CONCERTS.**

**ENSEMBLE.**

(Les dames saluent et sortent.)

MACLOUD, rendant les saluts.

Mesdames... certainement... j'ai bien l'honneur... ce que c'est pourtant que la musique... comme ça adoucit les mœurs!

VOIX, dans la coulisse et baragouinant l'allemand.

C'est bon!... annoncez cela partout.

MACLOUD, regardant à la cantonnade.

Ah! la bonne tête! quel peut être ce jeune élégant plutôt maigre que gras.

# SCÈNE IV

### MACLOUD, ORPHÉE.

ORPHÉE.

Air : de *lischen* et *frichsten*.)

Oberas et pallets
Qui feut m'tonner des livrets
Qui tésire des succès
Abbordez-moi des sujets.

} *bis.*

Ya!

MACLOUD.

Mais qui-êtes vous, vous?

ORPHÉE.

Je suis Orphée, le Dieu de la musique.

MACLOUD.

Orphée, et vous parlez allemand ?

ORPHÉE.

J'être depuis Lischen et Fritzchen, le blus célèbre maestro de l'univers et encore blus modeste que grand.

MACLOUD.

Ça s' voit, ça s' voit.

ORPHÉE.

J'avais un betit théâtre où l'on me représentait, quelquefois, mais on a profité d'un betit' voyage que je fis à l'étranger bour y jouer autre chose... alors j'avre quitté le betit théâtre pour un blus grand.

MACLOUD.

Oh ! racontez-moi donc ça.

ORPHÉE.

Foûlez-vous que je fous le chante ?

MACLOUD.

Si vous y tenez beaucoup.

ORPHÉE.

Je tiens peaucoup à chanter ma musique.

Air : *du roi de Bœtie.*

Demeurer tout seul n'est bas sage
Et bourtant autrefois tout seul
J'habitais dans un peau bassage,
Nommé le bassage Choiseul.
Depuis, dans un autre bassage,
J'ai du borter mes obéras,
Véritable oiseau de bassage,
Bassage des Banoramas.
On fient de me brendre au bassage,
Je cours de bassage en bassage
D'un bas rapide et d'un bas sage.

Ya !

MACLOUD.

Et quoi se peut-il, vous déménagez ?

### ORPHÉE.

Ma musique il être joli bardout et vois tu, si les direc
teurs ils étaient intelligentes, ils en fourreraient dans toutes
leurs bièces.

### MACLOUD.

Comment dans toutes...

### ORPHÉE.

Ya, dans les drames, dans les tragédies, dans les bièces en
vers, ça serait blus gai.

### MACLOUD.

Je vais vous dire, ça serait peut-être trop gai.

### ORPHÉE.

Ce n'être jamais trop gai... d'ailleurs ma musique se brête
à tout. Tiens, prenons l'entrée de Dartufe... crois-tu que la
Porte-Saint-Martin n'aurait pas fait d'argent si Dartufe était
entré comme ça.

Air : d'*Evohé* (Orphée aux Enfers.)

Des aumônen que j'ai part ager les derniers
Laurent, serrez ma haire ovec ma discipline
Et priez que toujours le ciel vous illumine
Si l'on vient pour me voir, je vais, aux prisonniers
Des aumônes que j'ai partager les derniers

Ya !

### MACLOU.

Je ne sais pas si cela aurait fait de l'argent à la Porte-Saint-
Martin, mais j'aurais bien donné 4 sous pour entendre ça, moi.

### ORPHÉE.

Et le récit de Théramène ; sais-tu, toi, le récit de Théramène?

### MACLOUD.

Théramène — Attendez donc, un petit vieux qui profite de
ce qu'un père a perdu son fils pour lui débiter une tartine de
cent-cinquante vers.

### ORPHÉE.

Ya! eh! pien, écoute un beu !

Air : *Galop de croquefer.*

> A peine nous sortions
> Des portes de Trésène
> Il était sur son char.
> Ses gardes affligés
> Imitaient son silence
> Autour de lui rangés,
> Sa main sur ses chevaux
> Laissant flotter les rênes
> Ah! ah! ah!
> Voilà comme aux Français
> Racine aurait quelques succès.

Préférez-vous la clémence d'Auguste sur un air plus gai? voilà.

Air : de *Pepita.*

> Prends un siége, Cinna,
> Prends et sur toute chose,
> Observe exactement
> La loi que je t'impose :
> Mais ce qu'on ne pourrait
> Jamais s'imaginer
> Cinna, tu t'en souviens,
> Et veut m'assassiner.

Hein! comme ça beint pien la clémence d'Auguste.

**MACLOUD.**

Oui, on ne peut pas être méchant sur cet air là.

**ORPHÉE.**

Croyez-vous qu'avec moi le théâtre classique il serait plus rigolo?

**MACLOUD.**

Oui, pour rigolo, oui.

**ORPHÉE.**

Eh pien! ils y viendront, mais bour commencer je vais aux Variétés.

## SCÈNE V

LES MÊMES, LES BOUFFES.

LES BOUFFES.

Oh! un instant! vous ne partirez pas ainsi!

ORPHÉE.

Esbèrez-vous me retenir malgré moi?

LES BOUFFES.

Malgré vous, non! mais daignez m'entendre.

Air

Et quoi, pour nous vous gardez le silence,
Vous nous fuyez, pourquoi nous fuyez-vous?
Regardez-vous avec indifférence
Ce long passé que nous admirons tous?
Est-ce dédain, est-ce plutôt fatigue?
Non, vous avez, dit-on, d'autres projets;
Vous nous fuyez comme l'enfant prodigue
Surtout ici, prodigue de succès!
Mais la maison, le toit qui nous vit naître
Où l'on s'est vu si longtemps adoré;
Cet humble toit, fut-il un toit champêtre
On s'en souvient sous un lambris doré.
Même chargé de vos palmes nouvelles
A nous encor souvent vous penserez;
Aux souvenirs les bons cœurs sont fidèles
Et j'en suis sûr un jour vous reviendrez.
Vous reviendrez, vous reprendrez la route
Où vous saviez marcher à si grands pas,
Vous reviendrez plus célèbre sans doute,
Et ce jour là, nous tuerons le veau gras!

ORPHÉE.

Je n'aime bas le veau, mais nous bourrons tuer autre
chose! adieu! (Il sort.)

LES BOUFFES.

Non pas adieu! au revoir! (Il sort.)

**MACLOUD.**

Oui, au revoir... si je le rappelais pour lui donner un me-
on musical... oui, c'est ça, rappelons-le.

## SCÈNE VI

### MACLOUD, L'INSPECTEUR.

**L'INSPECTEUR,** qui vient de rentrer à la sortie d'Orphée.
Monsieur.

**MACLOUD.**

Encore lui ?

**L'INSPECTEUR.**

Vous aviez tout à fait raison, mais le cocher n'avait pas
tort.

**MACLOUD.**

Cependant...

**L'INSPECTEUR.**

Vous l'avez parfaitement pris rue Neuve-Saint-Eustache.

**MACLOUD.**

Ah ! voyez-vous...

**L'INSPECTEUR.**

Mais il se trouvait rue Éginard.

**MACLOUD.**

Quand je l'ai pris, rue Neuve-Saint-Eustache il était rue
Éginard ?

**L'INSPECTEUR.**

La plupart des rues de Paris changent de nom.

**MACLOUD.**

Pourquoi ça, monsieur?

**L'INSPECTEUR.**

C'est très facile à comprendre, même par un crétin.

Air :

La ru' Neuv' Saint-Eustache ainsi fut appelée
Alors qu'elle était neuve et saint Eutache aussi.
Éginard fut un preux qui par un temps de neige
Du grand Charlemagne enleva la jeune fille,

Voilà pourquoi, monsieur dans la nouvelle Lutèce
La ru' Neuv' Saint-Eustache s'appelle rue Eginard.

(Il sort.)

**MACLOUD.**

Merci, monsieur ! Il s'en va ! si je comprends un mot à son explication ! ah ! quel est ce monsieur qui se dirige de ce côté, on dirait un ci-devant.

## SCÈNE VII

**MACLOUD, LE VICOMTE,** il est vêtu, d'un costume noir recouvert d'une douillette, cheveux poudrés, canne à bec de corbin, cravate blanche et chemise à jabot.

**LE VICOMTE.**

Air :

> Plaignez-moi, plaignez-moi,
> Dans ce Paris qui me vit naître
> Tout semble disparaître,
> Tout, jusqu'au pauvre café Foy.

> Lorsque de toutes parts
> Des merveilles rivales
> Changent nos vieilles halles
> Et nos vieux boulevards,
> Moi, comme Marius,
> En pleurant je m'incline,
> Sur la triste ruine
> D'un café qui n'est plus.

**MACLOUD.**

Comment monsieur vous regrettez un café ; mais je me suis laissé dire à *Cabillon les Taureaux* que la Capitale n'en manquait pas encore.

**LE VICOMTE.**

C'est vrai, monsieur, mais celui dont je parle me rappelait d'autres époques, c'est au café Foy qu'avant la première révolution se rassemblaient les philosophes du siècle dernier.

**MACLOUD.**

Comment, monsieur, vous vous rappelez cela?

**LE VICOMTE.**

Oh! je n'y allais pas encore. Je ne date que du premier Empire et les temps étaient déjà bien changés. Aux philosophes, avaient succédé les Girondins, aux Girondins, les hommes du Directoire, puis ceux de mon temps, ceux de la Restauration, ceux de vos jours, tous s'y transformaient, la foule changeait sans cesse de costume, d'allures, d'idées et de langage, dans ce café qui lui seul ne changeait pas.

**MACLOUD.**

C'est égal, il faut être juste. Il a fait son temps.

**LE VICOMTE.**

Ça ne m'empêche pas de le regretter et de dire en songeant à ses splendeurs passées :

**Air.**

Adieu, mon pauvre café Foy
Où j'ai vu se porter la foule,
De tout un passé qui s'écroule,
Vrai, je ne regrette que toi.
A son origine première
Il fut donné par le Régent ;
Une belle limonadière
L'obtint, et, dit on, sans argent,
Sa vogue se consolida ;
Il reçut, après la régence,
Les seigneurs de la cour de France.
Mais un jour l'orage gronda,
Le peuple réduit au silence
Se promenait dans ses jardins
Du café la foudre s'élance !
C'était Camille Desmoulins !
Et Paris, qui voulait du neuf,
Fit, oubliant ces nobles dates,
Du café des aristocrates
Le berceau de quatre vingt neuf !
Depuis redevenu régence,
Des cafés à ce qu'on m'a dit
C'était le seul où l'indigence

Pouvait consommer à crédit.
Voyait-on, à tout petit pas,
Sans payer quelqu'un disparaître
Laissez-partir, disait le maître
Peut-être ne le peut-il pas ?
Joints-à sa vogue hospitalière
Ses grands airs me l'ont fait aimer !
Jamais on n'y buvait de bière,
Personne n'y pouvait fumer ;
Un seul nuage environnait,
Volant, au-dessus de l'enceinte,
Une hirondelle, autrefois peinte
Au plafond, par Carle Vernet !
Conserve bien cette hirondelle
Pauvre café d'un autre temps !
Qu'elle voltige et puisse t'elle
T'amener un nouveau printemps?
Chez toi, mon pauvre café Foy
Tâche de ramener la foule,
De tout un passé qui s'écroule,
Vrai ! je ne regrette que toi ! !

(Il sort.)

MACLOUD.

Regretter un café où l'on ne fume pas, où l'on ne boit pas ;
franchement, j'en aimerais mieux un plus gai, plus folichon.

Air :

Nous avons, nous, d'autres principes,
Nous aimons la bière et les pipes,
Il nous faut des cafés chantants,
Des histrions, des charlantants,
Des chansons et des rondes folles,
Des cancans et des gaudrioles,
Eh ! mais, qui vient là-bas !
Vraiment, je ne me trompe pas,
Je les vois accourir
Ces enfants du plaisir!

(Au même instant, la scène se couvre de chanteuses et de chanteurs
en costume de café-concert.

# SCÈNE VIII

## Les Mêmes, CANTATRICES, TÉNORS, et COMIQUES.

### CHŒUR

Suite de l'air :

Ah ! joyeux enfants
Vivent les temps
Où la musique nous rallie.
Vive la folie
Et vivent les cafés chantants,
Ah ! joyeux enfants, etc.

### MACLOUD.

Air !

Ah ! je r'connais ces demoiselles
Même, qu'aux jobards attablés
Des garçons cri'nt toujours chez elles
Renouvelez ! Renouvelez !
Le souvenir que me rappelle
L'affreux jour où j'y suis allé,
En se renouv'lant renouvelle
Mon chagrin d'avoir renouv'lé.

### UNE CANTATRICE.

Hélas !

### TOUS LES NOUVEAUX PERSONNAGES.

Hélas !

### LA CANTATRICE, accourant.

Air :

On n' peut plus renouv'ler,
C'est la nouvelle ordonnance,
On n' peut plus renouv'ler
Défense
Est faite d'en parler.

Chez nous on pouss' tout à l'extrême,
Et crainte d'un nouveau trafic

On nous fera dire au public
Quand il aura soif, même :

On n' peut plus renouv'ler etc,

Quand un noceur pour boire et rire
Oublie qu'il avait emprunté !
Par l'employé du mont-d' piété
  Souvent il s'entend dire :

On n' peut plus renouv'ler, etc

A vingt-cinq ans on est tout flamme,
  On brûle de feux renaissants
On aime encore à soixante ans
  Mais à cet âge, ah ! dame !

  On ne peut plus renouv'ler
On ne veut plus qu'on recommence.

   Air :

  Rions, buvons et fumons
 A la clarté de cent bougies,
 Les cafés, les tabagies,
Oui, voilà ce que nous aimons,
   Arriette,
   Anisette,
  Chansonnette
  Et canette,
Chaud, chaud, servez-nous, garçon,
Servez-nous choppes et chansons
En buvant on apprend par cœur,
*Rien n'est sacré pour un sapeur.*
  La musique
  Sympathique
Fait oublier la liqueur
Toujours, de *Picpus à Nankin*
Le public chantant le refrain
  Se transporte
  Et qu'importe
De quel cru son verre est plein,
  Le régal
  Lui fait mal
  C'est égal.
  **REPRISE ENSEMBLE.**

 Rions, buvons et fumons
 A la clarté de cent bougies,

LA CANTATRICE
La voix d'une cantatrice,
Surtout ses yeux en coulisse
Lançant des feux d'artifice,
Ça vaut mieux
Que le cliquot mousseux,
REPRISE.
Rions, buvons et fumons

(Ce chant est repris par tous les personnages qui se mettent à danser.
Le rideau baisse.

# Personnages de l'acte deuxième :

| | |
|---|---|
| GRSOMULOT. | MM. Désiré. |
| M. LÉONCE. | Léonce. |
| LE CONTROLEUR. | |
| MACLOU. | Mesmacre. |
| 1<sup>re</sup> | M<sup>elles</sup> Géraldine. |
| 2<sup>e</sup> curieuses. | Deferté. |
| 3<sup>e</sup> | Léonie. |
| TONERRO. | MM. Beauce. |
| L'ALCADE. | Nencey. |
| FIGARO. | Desmont. |
| PEPITA. | M<sup>elles</sup> Simon. |
| RITA. | Debar. |
| CORDELLA. | Ida Lange. |
| NINI CLODOCHE. | Juliette. |
| MICHONNET. | Desmont. |
| VERMOULU. | Jean Paul. |
| LA TRAVIATA. | Simon. |
| KALEB. | Irma Garnier. |

---

# Parodie de Roland :

| | |
|---|---|
| ROLAND. | Désiré. |
| TURLUPIN. | Léonce. |
| GALON. | Jean-Paul. |
| ALTE-LA. | M<sup>lle</sup> Tostée. |
| LA PRINCESSE. | Deferté. |

# ACTE DEUXIÈME

On frappe trois coups, l'ouverture commence très-piano à l'orches-
tre et pendant l'ouverture, Grosmulot reparaît au balcon.

#### GROSMULOT.

Elle est trop forte celle-là ! (Allant s'asseoir.) Comprend-on
cela ? je sors d'acheter du tabac, j'oublie de prendre une
contremarque et l'on m'empêche de rentrer, il a fallu que je
prenne un nouveau billet, ça m'a fait trente cinq-francs et je
n'ai pas vu le premier acte.

———

Musique. — Le rideau se lève et représente un appartement. —
Chaise et fauteuil.

## SCÈNE PREMIÈRE

### UN DOMESTIQUE, MACLOU.

#### LE DOMESTIQUE.

Deux heures et personne pour la Conférence.

MACLOU, au domestique en train de préparer la salle.

Ah ! mon Dieu, c'est y déjà fini ?

#### LE DOMESTIQUE.

Quoi donc, monsieur ?

#### MACLOU.

La Conférence.

#### LE DOMESTIQUE.

Finie, elle n'est pas commencée.

#### MACLOU.

Ah ! tant mieux. J'ai enfin placé tous mes melons et je n'ai pas voulu retourner à *Cabillon-les-Taureaux* sans avoir assisté à une causerie. Je ne connais pas M. Léonce encore moins M. Désiré; mais M. Désiré expliqué par M. Léonce, ça m'a paru curieux.

PREMIÈRE CURIEUSE, en dehors.

Eh bien! personne pour nous recevoir.

LE DOMESTIQUE, allant au fond.

Pardon, pardon, me voilà.

# SCÈNE II

### LES MÊMES, LES TROIS CURIEUSES.

(Exagération des modes parisiennes.)

PREMIÈRE CURIEUSE.

Trois fauteuils sur le devant.

LE DOMESTIQUE.

Entrez, mesdames.

MACLOU.

Ah! qu'est-ce que c'est que ça?

DEUXIÈME CURIEUSE.

Eh! mais c'est très-gentil ça.

TROISIÈME CURIEUSE.

Mais oui, c'est tout-à-fait bon genre.

MACLOUD.

Ah! que je suis donc étonné! que je suis donc étonné!

PREMIÈRE CURIEUSE.

Hein, plait-il?

MACLOUD.

Pardonnez cette question d'un indigène de *Cabillon-les-Taureaux.* Ces dames ne sont donc pas des messieurs?

PREMIÈRE CURIEUSE.

Je ne l'ai jamais été.

DEUXIÈME CURIEUSE.

Ni moi.

TROISIÈME CURIEUSE.

Ni moi.

MACLOUD.

Mais ça peut venir si vous continuez comme ça.

PREMIÈRE CURIEUSE.

Pourquoi, jeune imbécile?

MACLOUD.

Dame, vous avez des cannes.

DEUXIÈME CURIEUSE.

C'est pour nous promener au bord de la mer.

TROISIÈME CURIEUSE.

C'est très-commode quant il pleut.

MACLOUD, à la première curieuse.

Oh! la belle boucle!

PREMIÈRE CURIEUSE.

Quatrième compagnie, deuxième bataillon, première légion.

MACLOUD.

Seriez-vous aussi de la garde nationale?

PREMIÈRE CURIEUSE.

Non, mais mon mari en est! il a le sac!

MACLOUD.

Il est riche?

PREMIÈRE CURIEUSE.

Non, il a le sac dans sa compagnie avec un ceinturon que je lui ai filouté.

MACLOUD.

Mais je vois que vous filoutez tout ce qu'il porte, votre mari.

PREMIÈRE CURIEUSE.

Tout ce qu'il porte! oh! non, c'est impossible!

MACLOUD.

Cependant cette casquette, ce col, ce lorgnon et ces pans d'habit. (Les curieuses se retournent.)

Ah! elle a des bottes<br>Bottes, bottes.

**DEUXIÈME CURIEUSE.**

Et moi aussi, monsieur.

**TROISIÈME CURIEUSE.**

Mais nous en avons toutes.

**PREMIÈRE CURIEUSE.**

Oui, monsieur nous sommes ce que l'on appelle au gymnase, des curieuses, des femmes du monde décidées à lutter de chic avec celles que vous nous préférez, à suivre leurs modes que vous aimez, car vous les aimez ces modes, cornichons que vous êtes.

**MACLOU.**

Madame !

**DEUXIÈME CURIEUSE.**

C'est un steeple-chaise à la distinction.

**TROISIÈME CURIEUSE.**

Nous finirons par fumer des soutados et par parler javanais.

**PREMIÈRE CURIEUSE.**

Pour vous plaire, nous sommes capables de tout.

Air :

I.

Oui, nous sommes des curieuses.
Et c'est par curiosité,
Que nous voulons, c'est arrêté,
Singer toutes vos amoureuses.
A nos maris journellement,
Nous ne parlerons qu'en fumant,
Nous serons amoureusement
Canailles légitimement.

**TOUTES.**

Tralalala, tralalala, etc.

**PREMIÈRE CURIEUSE.**

II.

Oui, nous prendrons leurs airs godiches,
Nous rendrons nos yeux plus gredins,
Et pour accaparer les daims

Nous nous transformerons en biches,
Oui, comme dans ce monde-là
Nous parlerons, sachez cela,
Même à Mabille, on nous verra
Causer bientôt comme cela

**TOUTES.**

Tralalala, tralalala etc.


**DEUXIÈME CURIEUSE.**

**III.**

Puisque vous aimez les plumages
Des cocottes que vous parez
Légitimement vous aurez
Des cocottes dans vos ménages,
Comme elles, retenez cela,
Nous nous coifferons comme ça,
Nous nous botterons comme ça,
Et nous danserons comme ça.

**TOUTES**

Tralalala, Tralalala, etc.


**MACLOU.**

Elle a raison; belle blonde, vous avez raison.

**PREMIÈRE CURIEUSE.**

Je ne suis pas blonde.

**MACLOU.**

Ah ! tiens, c'est vrai, vous êtes...

**PREMIÈRE CURIEUSE.**

Je suis noire.

**MACLOU.**

Ah ! par exemple !

**PREMIÈRE CURIEUSE.**

Mais je me fais teindre.

**MACLOU.**

En rouge ?

**PREMIÈRE CURIEUSE.**

En rouge garance ; c'est la mode.

**MACLOU.**

C'est la mode des pantalons dans la ligne; j'ignorais...
(Bruit au dehors.)

**LE DOMESTIQUE.**

Mesdames, monsieur, veuillez prendre place, on ouvre les portes.

**MACLOU.**

Enfin, je vais donc entendre une causerie.

**LE DOMESTIQUE,** à la porte.

Par ici, par ici, mesdames et messieurs.


## SCÈNE III

**LES MÊMES, LA FOULE.**

**CHŒUR.**

Le spectacle qu'on nous annonce
Est de tous le plus désiré,
Nous entendrons monsieur Léonce
Expliquer monsieur Désiré.


**LE DOMESTIQUE.**

Veuillez vous asseoir; je vais prévenir M. Léonce qui se recueille dans son cabinet.

**GROSMULOT,** dans la salle.

Cette société est imposante, je n'ai jamais compris qu'un monsieur puisse parler comme ça pendant trois heures devant ses concitoyens qui ne lui répondent pas. Les concitoyens ont l'air de fichues bêtes en admiration devant un homme d'esprit.

**LE DOMESTIQUE,** annonçant.

Monsieur Léonce !

**TOUS LES PERSONNAGES.**

Ah !

(Long murmure approbatif.)

## SCÈNE IV.

### LES MÊMES, LÉONCE.

(On applaudit à son entrée.)

LÉONCE, salue, va se placer à la table, prépare de grandes feuilles de papier, boit un verre d'eau sucrée, tousse, crache et dit.

Mesdames et messieurs, c'est avec une émotion contenue, mais visible, avec un premier bégaiement visible mais contenu, que je prends la parole pour faire l'éloge d'un grand artiste. Pour éviter les hasards du langage rapide, j'ai tout noté dans ce volume in-quarto, ma causerie va donc se transformer en lecture, c'est ainsi que je comprends l'improvisation. Je vais donc entreprendre l'éloge de Jean Polycarpe Désiré, je vous montrerai en lui :

Le comédien,

L'homme à bonnes fortunes,

L'homme d'esprit,

Et l'homme politique.

Je commence son éloge :

J'avais douze ans, j'étais ce qu'on appelle un joli petit garçon et je fesais de grands progrès à l'école mutuelle.

### GROSMULOT.

Qui ça?

### LÉONCE.

Moi, Léonce.

### GROSMULOT.

Ah! c'est de vous que vous parlez?

### LÉONCE.

A mes côtés se trouvait un petit camarade faible de complexion, maigrelet et n'annonçant aucune disposition. C'était Désiré, je l'enfonçais en grammaire en arithmétique et au bouchon. Nos études terminées, nous quittâmes l'école, moi fort instruit et très-gros, lui très-maigre et très-ignorant.

### GROSMULOT.

C'est l'éloge de Désiré, cela?

**LÉONCE.**

Quinze ans se passèrent avant le jour où nous nous retrouvâmes jouant tous deux au théâtre des Bouffes, alors, par une de ces fantaisies du destin, j'étais maigre et il était gras.

**GROSMULOT.**

Il avait engraissé.

**LÉONCE.**

Et moi j'avais maigri, je ne le défendrai pas comme comédien, ses ennemis n'en diront jamais assez de mal; ses amis non plus ! c'est un grand artiste ; mais il est rempli de ficelles.

**GROSMULOT.**

Alors c'est un pantin.

**LÉONCE.**

Non, monsieur, c'est un grand acteur, moins grand que moi, mais grand tout de même ; et c'est ici que j'aborde le chapitre de l'homme à bonnes fortunes. Ne croyez pas, messieurs, que Désiré ait gagné son abdomen à jouer des opérettes, non, messieurs, c'est en soupant avec des duchesses qu'il s'est arrondi à ce point-là. Ici, deux mots sur l'homme du monde. Une dame du noble faubourg, Closerie des Lilas, maison Bullier, lui fit un jour passer un pli cacheté ainsi conçu : Quelle différence monsieur Désiré fait-il entre la nuit et les drames de cabaret? et par post-scriptum : Répondez à ma question d'une manière satisfaisante et je vous récompenserai d'une façon tout aussi satisfaisante. C'est ici que l'homme d'esprit se révèle, Désiré resta comme un imbécile. Il ne sut que répondre, tandis que moi qui me trouvais-là, je répondis avec cet atticisme qui me caractérise : C'est que la nuit porte Conseil et les drames de Cabaret Porte-Saint-Martin. C'est ainsi que je lui soufflai la petite marquise.

**GROSMULOT.**

Voilà la petite marquise soufflée, v'lan !

**LÉONCE.**

J'aborde à présent l'homme politique, l'homme qui est appelé à jeter son vote dans le vase électoral.

**DÉSIRÉ, se levant.**

Pardon, monsieur... je remarque que non-seulement vous parlez toujours de vous... mais encore que vous échinez volontiers M. Désiré que je ne connais pas... que je ne veux pas connaître... mais je ne veux pas qu'on l'abîme, M. Désiré.

**TOUS.**

Non... non...

**DÉSIRÉ.**

Ou rendez l'argent !

**LÉONCE.**

L'argent... c'est bien !.. (Il se fouille.) Voici des contre-marques pour ma deuxième causerie.. (Il jette des cartons à la tête de tout le monde.) Je retourne au Vésuve...

**CHŒUR** *(chanté sur le théâtre et par Grosmulot dans la salle.)*

> Et quoi, tromper notre espérance,
> Finir au moment le plus beau,
> Nous voulons notre conférence,
> Vite, relevez le rideau.

**GROSMULOT, quand la toile est baissée.**

Mais c'est affreux ! c'est indigne ! M. Désiré, je ne le connais pas ; mais à sa place, ce n'est pas comme ça que je comprendrais mon éloge. (On frappe les trois coups.)

## Deuxième Tableau.

Le théâtre représente une gare de chemin de fer.

## SCÈNE PREMIÈRE

(Au lever du rideau, les servantes fument des cigarettes en jouant des castagnettes. On voit passer au fond les employés du chemin de fer en costume de toréador poussant des charrettes chargées de bagages.)

RITA, GORDELLA, SERVANTES, puis PÉPITA.

CHŒUR.

Air :
Grand Dieu ! que. sabbat d'enfer
Le chemin de fer
Va faire en Espagne.
Déjà le chemin de fer
Passe en fendant l'air
Et comme un éclair.
On a dérangé les gens,
Abimé les champs,
Percé la montagne.
Pour lui tout est bien changé,
Tout est ravagé,
Tout est saccagé.
Grand Dieu ! quel sabbat d'enfer,
Le chemin de fer
Va faire en Espagne.

(Pendant ce chœur, un facteur traverse en traînant un charriot, sur les colis se trouve en papier de musique. Il s'arrête en chemin et accompagne le charriot avec sa guitare, puis il passe.)

PÉPITA, entrant.
Que vois-je ? mes servantes qui se prélassent.

RITA.
Dame, il fait si chaud et nous avons si peu l'habitude...

PÉPITA.

L'habitude de quoi?

GORDELLA.

Dame! de tenir un buffet de chemin de fer.

RITA.

C'est si peu espagnol!

PÉPITA.

Tout est espagnol quand on le veut. Est-ce que j'ai plus d'habitude que vous? quand on m'a appris qu'un chemin de fer allait traverser le nord de l'Espagne, je dansais des fandangos et je jouais des castagnettes du matin au surlendemain. Mais on m'a dit l'Espagne se civilise, aidez-là, et je l'aide, je civilise, voilà, je civilise.

TONERO, au dehors.

Ça m'embête, entendez-vous, ça m'embête.

RITA.

Qu'est-ce donc?

GORDELLA.

Ah! c'est Tonero.

PÉPITA.

Le chef de gare.


# SCÈNE II

LES MÊMES, TONERO, avec une guitare.

TONERO, entrant.

Non, ça ne peut pas durer comme ça, je n'y tiens plus, j'en ai par dessus mon chignon.

PÉPITA.

Que vous arrive-t-il encore?

TONERO.

Sous prétexte que je suis le chef de gare, ne veulent-ils pas me forcer à passer les nuits et à faire des rapports. Moi, don Tonero, un descendant du Cid qui ne me suis jamais servi d'une plume que pour la mettre à mon chapeau.

3.

### RÉCITATIF.

Et chose encore plus bizarre
En qualité de chef de gare
On m'interdit cette guitare.
D'être Espagnol pourrais-je me venter
Si je ne pouvais plus chanter.

### CHANT.

Don Fernando d'Andalousie
Vit à travers sa jalousie
La fille du Corrégidor.
Qui, sans dissimuler sa joie
Jetait une échelle de soie
A Pédro le Toréador.
A vous, braves Toréadors
Les filles de Corrégidors.

(Parlé.) Otez-moi ma guitare, et je ne suis plus qu'un chef de gare sans couleur locale.

L'ALCADE, au dehors.

Laissez-moi tranquille, vous m'ennuyez,

PÉPITA.

Ah ! c'est la voix de l'alcade.

# SCÈNE III

### LES MÊMES, L'ALCADE.

TORERO.

L'alcade, s'il me prive de ma guitare, je donne ma démission.

L'ALCADE, entrant.

C'est l'abomination de la désolation. Ah ! mes pauvres petits enfants, qu'allons-nous devenir?

PÉPITA.

Qu'est-ce donc?

TORERO.

Qu'arrive-t-il donc encore?

L'ALCADE.

Vous n'êtes pas sans avoir entendu parler de don Barbaro
de Gredinãs.

PÉPITA, RITA, GORDELLA.

Don Barbaro !

TONERO.

Le brigand de la montagne.

L'ALCADE.

Juste ! savez-vous ce qu'il vient de me dire à moi-même

TONERO.

Vous l'avez vu ?

L'ALCADE.

Il est venu me trouver bien poliment dans mon cabinet, e
il m'a déclaré que le chemin de fer nuisait à son commerce,
que son état était d'arrêter les voyageurs dans la montagne et
que si les voyageurs passent dans la montagne en chemin de
fer, il ne pourra plus les arrêter.

PÉPITA.

C'est vrai, au fait !

TONERO.

Ça lui fait du tort.

L'ALCADE.

Et il nous menace, si nous persévérons dans notre chemin
de fer, de ne plus arrêter personne.

PÉPITA.

Ne plus arrêter personne ?

TONERO.

L'Espagne sans chef de brigands ?

L'ALCADE.

Voilà ! ce que la vapeur nous aura amené.

TENERO.

Ah ! c'est affreux ! (Ici l'on entend un solo de guitare et de castagnettes en dehors.)

TOUS.

Qu'est-ce que c'est que ça ?

L'ALCADE.

C'est le sifflet du chemin de fer espagnol.

TOUS.

Déjà !

L'ALCADE.

Vite Tonero, à votre poste, et vous, Pépita, à votre buffet.

CHŒUR.

Air :

> Allons, vite, qu'on se démène
> Tous travaillons avec ardeur
> Il faut quand la vapeur nous mène
> Que tout se fasse à la vapeur.

(Pendant ce chœur, en entend le bruit et le sifflet d'une locomotive.

# SCÈNE V

**VOYAGEURS DE TOUS PAYS ET DES DEUX SEXES, ENSUITE FIGARO.**

CHŒUR DES VOYAGEURS.

> Que le plaisir nous accompagne
> En respirant un nouvel air,
> Nous allons visiter l'Espagne
> Grâce au nouveau chemin de fer.
> Place à Figaro, place, place.

UN EMPLOYÉ, en picador.

Valadolid. — Quinze minutes d'arrêt.

FIGARO, entre en chantant.

L'ALCADE.

Eh ! c'est, je crois le sénor Figaro.

FIGARO.

Vous me connaissez ?

L'ALCADE.

Comment donc, n'étiez-vous pas barbier à Séville ?

FIGARO.

A Séville, jamais ! c'est la première fois que je viens en Espagne.

L'ALCADE.

Vous, un Espagnol.....

FIGARO.

Je suis un Espagnol créé par un Français et mis en musique par un Italien. Je profite du chemin de fer pour visiter ma soi-disant patrie, et l'on m'y fait mourir de faim! ah! ça, de par Saint-Jacques de Compostelle, nous servirez-vous un morceau de n'importe quoi ?

PEPITA.

Un morceau! bien certainement, nous allons vous servir ça... Inésille, servez monsieur.

RITA s'avançant avec sa guitare.

Je suis Inésille
Fille de Castille
Et quand vient le soir
A Pédro qui guette
En secret je jette
La clef du boudoir.

CORDELLA, même jeu.

Je suis de Grenade
Fille d'un alcade
Et quand vient la nuit
Par une fenêtre
L'amour entre en maitre
Sans faire de bruit.

PÉPITA, même jeu.

Je suis Andalouse
Altière et jalouse
Et j'ai mon stilet.
Une bonne lame
Pour frapper l'infâme
Qui me tromperait.

TONERO et L'ALCADE, jouant de la guitare.

Pays des œillades
Et des sérénades
Pays où toujours
Et les cigarettes
Et les castagnettes
Charment les amours,

ENSEMBLE.

PREMIÈRE JEUNE FILLE.

Je suis Inésille
Fille de Castille
Et quand vient le soir
A Pédro qui guette
En secret je jette
La clef du boudoir.

DEUXIÈME JEUNE FILLE.

Je suis de Grenade
Fille d'un alcade
Et quand vient la nuit
Par une fenêtre
L'amour entre en maltre
Sans faire de bruit.

PÉPITA.

Je suis Andalouse
Altière et jalouse
Et j'ai mon stylet.
Une bonne lame
Pour frapper l'infâme
Qui me tromperait.

TONERO ET L'ALCADE.

Pays des œillades
Et des sérénades
Pays où toujours
Et les cigarettes
Et les castagnettes
Charment les amours.

FIGARO.

Pardon, vous ne m'avez pas compris quand nous avons demandé un morceau, ce n'était pas un morceau de chant.

L'ALCADE, se débarrassant de sa guitare.

Je devine! vous voulez quelque chose là..... du montant...

FIGARO.

Du succulent !

**L'ALCADE.**

Soyez servis. (A ce moment, Pépita et les servantes, Tonero et l'Alcade dansent un fandango avec accompagnement de castagnettes.)

**FIGARO.**

Allons! bon!. on nous sert un fandango.. aux castagnettes.

**TOUS, sur l'air des lampions.**

A manger! à manger! à manger!

**LE RÉGISSEUR, entrant.**

Silence!... Baissez la toile.

**FIGARO.**

Eh bien, que faites vous?

**L'ALCADE.**

Allez-vous-en donc.

**LE RÉGISSEUR.**

Voulez-vous me laisser tranquille? (Au cintre.) Baissez le rideau. (La toile tombe.)

**GROSMULOT, dans la salle pendant que le rideau baisse.**

Est-ce que Roland serait indisposé? Je le sais, moi, je le jouerais.

**LE CONTRÔLEUR, devant la toile, après les trois saluts.**

Messieurs et Mesdames... non, Mesdames et Messieurs...

**GROSMULOT.**

Et Roland.

**LE CONTRÔLEUR.**

Qui est-ce qui m'appelle Roland?

**GROSMULOT.**

Non... Roland à Rongeveau, je vous demande.

**LE CONTRÔLEUR.**

Taisez-vous, un soin plus important m'occupe. (Saluant.) Mesdames, vous savez toutes que le théâtre des Bouffes, jaloux d'imiter son voisin le théâtre Italien, vient d'interdire l'entrée de la salle à toutes les dames non classées, c'est-à-dire à celles qui ne sont pas accompagnées d'un mari au moins. Mon Dieu, oui, la morale nous envahit... La pudeur nous déborde, et à côté du bureau des cannes et des para-

pluies, nous avons placé le bureau des contrats de mariage,
où toutes les dames qui sont ici ont déposé le leur en entrant.

GROSMULOT.

Tiens, on ne m'a rien demandé, à moi.

LE CONTRÔLEUR.

Non, monsieur, les garçons peuvent encore venir seuls au
spectacle.

GROSMULOT.

Mais je suis marié.

LE CONTRÔLEUR, furieux.

Alors, qu'est-ce que vous me chantez. Je vous prie de ne
pas m'interrompre quand je parle à ces dames. Eh bien,
Mesdames, j'ai le regret de vous annoncer qu'en dépit des
plus grandes précautions, que nonobstant une surveillance
effrenée, une biche s'est faufilée parmi vous.

GROSMULOT, effrayé.

Une biche !

LE CONTRÔLEUR.

Comment, j'annonce ça à ces dames et c'est un monsieur
qui s'effraie. Au reste rien de plus facile à connaître. Mesdames et messieurs, si l'une ou l'un de vous a entendu dire
à côté d'elle ou de lui... une de ces phrases, imaginées, pit-
toresques, comme par exemple : *Je trouve qu'on nous la
fait à l'oseille*, ou *il pleut à verse*, ou *tu peux te fouiller*, ou
*tu t'en ferais mourir*... ne cherchez plus et désignez-moi la
jeune personne que je l'expulse incontinent!

UNE DAME, au fauteuil du balcon.

As-tu fini?

LE CONTRÔLEUR.

Ah! c'est elle, la voilà, n'allons pas plus loin, Madame, votre contrat de mariage.

NINI.

Il est resté au vestiaire des Italiens.

LE CONTRÔLEUR.

Alors, montrez-moi votre mari.

NINI.

Il est perdu !

LE CONTRÔLEUR.

Perdu...

NINI.

Avez-vous vu Lambert ?

LE CONTRÔLEUR.

Mademoiselle, cette plaisanterie !

NINI.

Je ne plaisante pas, monsieur, Lambert est le nom de mon mari.

LE CONTRÔLEUR.

Alors, madame, comme on l'appelle toujours, et qu'il ne répond jamais, veuillez descendre au contrôle, où je vais aller vous rejoindre.

NINI.

Comment, Ernest, c'est vous qui me faites de ces machines là ?

LE CONTRÔLEUR.

Ernest... comment sait-elle mon petit nom ? (Se faisant un abat-jour de sa main droite.) Se peut-il ? Nini Clodoche.

GROSMULOT.

Clodoche, ah ! les Clodoche, qui ont dansé à la Gaîté dans *Paris la nuit*, est-ce que mademoiselle serait une demoiselle Clodoche ?

NINI.

Oui, monsieur ; c'est moi qui à la Gaîté dansais à côté de mon frère, en marchande de moules !

GROSMULOT.

Comment ! une personne aussi distinguée ?

NINI.

Je suis distinguée à mes heures.

LE CONTRÔLEUR.

Mademoiselle, c'est intolérable ! je vous prie...

NINI.

Ernest, ce n'est pas bien...

**LE CONTROLEUR.**

Mais sapristi ! ne m'appelez donc pas Ernest, on pourrait croire que...

**NINI.**

Non, oh ! ne le croyez pas, messieurs, ne le croyez pas.

**LE CONTROLEUR.**

Pour la dernière fois, mademoiselle, sortez !

**GROSMULOT,** se levant.

Oui, sortons, Mademoiselle. (A part.) Elle est charmante, cette petite Clodoche. (Haut.) Voulez-vous accepter mon bras ?

**NINI.**

Monsieur, la distance qui nous sépare...

**GROSMULOT.**

Je vais la rapprocher en me rapprochant. (Sortant.) Pardon Mesdames. (Il disparaît.)

**NINI.**

I a une bonne tête. (Sortant aussi.) Pardon, Messieurs.

**LE CONTROLEUR.**

Oh ! enfin, elle s'en va, je n'en suis pas fâché, parce que... (On frappe les trois coups.) Allons ! bon, qu'est-ce que c'est ? Ah ! oui, mais je veux me justifier des accusations..... (Ouverture bruyante.) Allons ! de ce côté maintenant. (Criant.) Impossible de me justifier. (Il sort.)

———

Le théâtre représente une cour.

# SCÈNE PREMIÈRE

## MICHONNET, VERMOULU.

**MICHONNET,** entrant avec une cage qu'il suspend à la porte de sa loge.

Oui Margot, oui ma fille, soyons bien gentille, pendant que maîmaître va balayer la cour... là, v'la ce que c'est... maintenant.... (Il aperçoit Vermoulu qui vient d'entrer et qui place quatre bougies, aux coins d'un tapis qu'il étend à terre.) Qu'est-ce que fait là ce monsieur? Monsieur, que faites-vous là ?

**VERMOULU.**

Vous le voyez, monsieur, j'apprête ma salle de spectacle.

**MICHONNET.**

Comment ! vous prenez ma cour pour une salle de spectacle ?

**VERMOULU.**

Monsieur, autrefois, on chantait dans les cours *Le Mirliton*, *Le pied qui remue*, et *Faillait pas qu'y aille*. Aujourd'hui, grâce à la liberté des théâtres, je veux y faire jouer toutes les opérettes, tous les opéras comiques et tous les grands opéras de la capitale.

**MICHONNET.**

Jouer les opéras dans les cours, pour remplacer *Le pied qui remue*, certainement c'est un progrès.

**VERMOULU.**

Je donne rendez-vous à mes artistes le matin, quartier Saint-Marcel. A midi, faubourg Saint-Germain. A quatre heures, quartier Bréda, tenez j'entends à la cantonnade l'un de mes personnages, c'est *Violetta*.

**MICHONNET.**

Violetta ?

**VERMOULU.**

Une troisième copie de la *Dame au camélia*.

**MICHONNET.**

Ah ! oui, je sais, on l'appelait aux Italiens la *Traviata*.

**VERMOULU.**

*Traviata* : qui veut dire en italien, la femme qui va de travers.

**MICHONNET.**

C'est pour ça qu'on a changé le titre, on a craint que la pièce n'aille comme la femme.

**VERMOULU.**

C'est ça même ! attention ! les voici !

## SCÈNE II

### LES MÊMES, VIOLETTA.

#### VIOLETTA.

Air :

Jadis au joyeux vaudeville
J'étais dame au Camélia
Mais depuis j'ai changé de style
Et dans un moderne opéra,
Sous le nom de la Traviata
On m'a fait parler charabia.
Maintenant de mon beau physique
Qui m'a causé bien des malheurs,
On fait une pièce au lyrique,
Rien n'est sacré pour les auteurs.

II

Ma pièce d'abord fût l'histoire
D'une fillette de nos jours ;
Maintenant c'est à ne pas croire
On nous à fait changer d'atours
Marguerite, hélas ! fait l'amour
En toilette à la Pompadour.
Et cette toilette caduque
Nuit à mes charmes enchanteurs,
Armand Duval porte perruque !...
Rien n'est sacré pour les acteurs.

(Elle sort.)

## SCÈNE III

### LES MÊMES, KALED.

#### MICHONNET.

Comment ! elle s'en va ?

#### VERMOULU.

Ah ! c'est parce qu'elle a vu venir Kaled.

#### MICHONNET.

Qu'est-ce que c'est que Kaled !

**VERMOULU.**

C'est la compagne, non, le compagnon, non, la compagne
de Lara.

**MICHONNET.**

Voyons, est-ce la compagne ou le compagnon?

**VERMOULU.**

C'est l'un et l'autre, du reste, vous allez voir.


## SCÈNE IV

### LES MÊMES KALED.

**KALED**, entre et chante l'air : Il faut nous dire adieu, de Lara.

**MICHONNET.**

Eh ! bien ! Il est gentil ce petit bonhomme.

**KALED.**

Je ne suis pas un petit bonhomme, je suis une méchante
femme.

**MICHONNET.**

Une méchante femme ?

**KALED.**

Non, je ne suis pas une méchante femme, je suis une pauvre jeune fille.

**MICHONNET.**

Ah ! sapristi, entendons-nous, êtes-vous homme, femme,
fille ou garçon ?

**KALED.**

Je n'en sais plus rien, monsieur, voilà si longtemps que
j'accompagne Lara sous ce costume.

**MICHONNET.**

Lara !... qu'est-ce que Lara ?

**KALED.**

C'est mon maître, mon ami, mon époux, mon frère.

**MICHONNET.**

Ah ! saperlotte ! encore.

**KALED.**

Oui, monsieur, il est tout ça quoi que demoiselle, je suis
*Galli*, marié, quasi marié avec lui.

**MICHONNET.**

Racontez-moi donc ça, car ça me paraît palpitant d'intérêt.

**KALED.**

Oh! oui, monsieur, c'est bien intéressant, allez!

**CHANSON ARABE, (de Lara.)**

A l'ombre des verts platanes,
Et loin des regards profanes,
Sous le bleu ciel africain
Je le suivis un matin.
Ah! ah! ah! ah! ah! ah!

Il était aimable et tendre,
J'avais plaisir à l'entendre,
Sur son cœur il me serra.
Je partageais son délire
 Inutile de vous dire, } *bis.*
 Ce que me disait Lara. }

A l'ombre des verts platanes,
Où, loin des regards profanes,
Sous le bleu ciel africain
Nous causions soir et matin.
Ah! ah! ah! ah! ah! ah!

Depuis, le suivant sans cesse,
Je le vis d'une comtesse
Vouloir obtenir la main.
En africaine jalouse
J'aurais frappé son épouse.

Heureusement qu'à la fin
A l'ombre des verts platanes,
Et loin des regards profanes,
Nous revenons tous les deux
Et toujours plus amoureux.

      (Elle sort.)

**MICHONNET.**

Eh! bien, ma façon de voir, la voici, ce jeune homme est

charmante, elle est charmant... mais avec tout ça, vous ne me parlez pas de Roland à Rongeveau.

**VERMOULU.**

Ah! vous voulez, c'est facile, seulement, vous me permettrez d'aller m'habiller, pendant que l'on posera le décor.

**MICHONNET.**

Ah ! vous jouez dans Roland ?

**VERMOULU.**

Je joue Galon le traître... (Sortant.) Posez le décor. (Ici l'on voit entrer les deux machinistes qui plantent une inscription sur laquelle on lit : *« Ceci représente les superbes Pyrénées.* )

**MICHONNET,** lisant.

« Ceci représente les superbes Pyrénées. » Ah! je suis ici dans les Pyrénées... Bon, je m'en souviendrai. (On frappe trois coups.) Oh! oh! ça commence déjà... oui... je vois venir deux princesses, attention, allons nous asseoir.

---

# PARODIE DE ROLAND A RONCEVAUX

---

## SCÈNE PREMIÈRE

### ALTE-LA, UNE CONFIDENTE.

**ALTE-LA.**

Air :

J'ai de l'ennui dans les idées,
J'ai du sombre de toutes parts,
Toutes mes nuits sont obsédées
Par les plus affreux cauchemars.

**LA CONFIDENTE.**

Quoi?...

**ALTE-LA.**

Ne m'interromps-pas, confident au cœur tendre,  
Car tu n'es là que pour m'entendre.

Sans me répondre écoute-moi !  
Oui, l'on veut engager ma foi  
Au chevalier Galon, je sais ce qu'en vaut l'aune  
Et je vais l'envoyer au prône  
Car je repousse cet hymen,  
J'aimerais mieux, je te le jure,  
S'il fallait lui donner ma main  
La lui donner sur la figure.

## SCÈNE II

**LES MÊMES, UN PAGE.**

**LE PAGE.**  
Un étranger qu'ici personne ne connaît  
Sans rien dire, demande à vous parler.

**ALTE-LA.**

                — Ah ! diantre !  
Qu'il entre, qu'il entre, qu'il entre !

**LE PAGE.**  
Entrez, seigneur !

## SCÈNE III

**LES MÊMES, ROLAND joué par GROSMULOT.**

**ROLAND, entrant.**  
        Egaré tout à fait  
    Par les vents et l'orage  
      Je viens à vous...

**MICHONNET, interrompant.**  
Ah ! mais, je le reconnais. (Allant à lui.) C'est vous qui tout à l'heure dans la salle.

**ROLAND.**  
Chut ! Roland manquait. J'ai donné 30 francs et l'on m'a permis de le jouer.

**MICHONNET.**

Vous aller jouer Roland — oh! très-bien! très-bien!...
Continuez Monsieur, continuez.,.. je suis là... (Il va se rasseoir)

**ROLAND.**

Je prend mon entrée... (Recommençant.)

Egaré tout à fait
Par les vents et l'orage
Je viens à vous dame de haut lignage
Demander un abri secret.

**ALTE-LA.**

Je ne vous connais pas, ne veux pas vous connaître
Je ne sais qui vous pouvez être
Mais vous m'allez ; enlevez-moi, partons.

**ROLAND.**

Qui, moi?... vous enlever, princesse

**LA  CONFIDENTE.**

Mais...

**ALTE-I A.**

Taisez-vous, ne parlez pas sans cesse

(A Roland.)

Filons, au plus vite, filons
Car si vous me faites attendre
J'épouse dès ce soir le chevalier Galon.

**ROLAND.**

Quand on prend du galon, on n'en saurait trop prendre,

**ALTE-LA.**

Mais je n'en veux pas pour un sou.
Emmenez-moi.

**ROLAND.**

Mais où ?

**ALTE-LA.**

Z'où, Z'où c' que vous voudrez

(Bruit au déhors.)

Qu'entends-je ?

O ciel, quel est ce bruit étrange
C'est lui, je reconnais son tic
Il a des bottes qui font couic.

## SCÈNE VI

LES PRÉCÉDENTS, GALON, TURLUPIN, PAGES, SEIGNEURS
ET DAMES.

CHŒUR.

Chantons sur toutes les notes
Les belles et les chevaliers
Et pour eux apportons des bottes
Et de myrthes et de lauriers.

GALON, à ALTE-LA.

O ma charmante damoiselle
Pour signer un contrat si beau
J'amène Turlupin, notaire à Rongeveau.

TURLUPIN, entrant.

La fiancée est gracieuse et belle.

ROLAND, interrompant.

Ah ! mais je vous reconnais vous, vous êtes le Contrôleur
aux pièces suisses.

TURLUPIN.

Chut ! on m'a donné trente francs pour jouer le rôle.

ROLAND.

Trente francs... ce sont les miens !

TURLUPIN.

Je reprends... (Recommençant.)

La fiancée est gracieuse et belle

ROLAND.

Pardon, pardon, si je me mêle
De ce qui franchement ne me regarde pas.

(A Galon.)

Mais toi, jamais, tu ne l'épouseras.

GALON.

Roland, Roland, prend garde.

TOUS.

Roland !

ALTE-LA.

Roland !

ROLAND et GALON, tirant leurs épées.

En garde!

TURLUPIN, les séparant.

Arrêtez, preux de Charlemagne
Lorsque vous allez de l'Espagne
Combattre le noir tyran
Sans vous rougir de votre propre sang
Tous deux revenez blancs d'Espagne
Blancs d'Espagne!

ROLAND.

Superbes Pyrénées
Où pour guérir leurs maux
Les belles fortunées
S'en vont prendre les eaux,
Pays des chiens modèles,
Pays des montagnards,
Pays des infidéles
Tu m'attends et je pars.

TOUS.

Superbes Pyrénées, etc.

(Après ce chœur, tous sortent, la scène reste vide.)

MICHONNET.

Saperlipopette, c'est enlevant, ça m'enlève. (Les deux machinistes rentrent, l'un retire l'inscription et l'autre en pose une sur laquelle on lit : « *Le théâtre représente le palais de l'Emir, à Saragosse.*)

MICHONNET.

Ah! nous voilà dans le palais de l'Emir, et la scène est à Saragosse, près Ronge-Veau, allons nous rasseoir.

RITOURNELLE.

Justement, j'aperçois Roland.

## SCÈNE PREMIÈRE

ROLAND, seul, il reparaît et descend sur une ritournelle.

(Lisant sur la lame du sabre.)

> Je suis le bancal
> D'un grand général
> Je veux être à toi
> Mais n'aime que moi.

D'autres ne doivent t'enflammer
C'est moi seul que tu dois aimer
Donc, tu n'aimeras ni les drames
Ni le lansquenet, ni les dames
Ni l'absinthe, ni le curaçao
Ni la jeunesse de Mirabeau.
Je ne te ferai vaincre, toi,
Que si toi, tu n'aimes que moi!
Depuis mon unique compagne.

> Fût-ce morceau d'acier,
> Et c'est alors, que Charlemagne
> Mermet m'arma, Mermet m'arma
> Chevalier.

## SCÈNE II

### ROLAND, ALTE-LA.

**ALTE-LA, entrant.**

A ciel! c'est lui!

**ROLAND.**

Grand Dieu! c'est-elle!

**ALTE-LA.**

Sans vous connaître, chevalier,
Mon cœur brûla pour vous d'une flamme éternelle.

**ROLAND.**

Mais je ne puis, mademoiselle,
Aimer que ce morceau d'acier.

**ALTE-LA.**

Je crois être bien préférable...

**ROLAND.**

Oui, certes ! et vos deux jolis yeux
Sont mille fois plus dangéreux.

Mais voyez le sort qui m'accable
Si je vous aime, adieu, bonsoir,
Mon bancal n'a plus de pouvoir.

**ENSEMBLE.**

Eh quoi? s'il m'aime, ô désespoir,
Son bancal n'a plus de pouvoir,

**ROLAND.**

Si je vous aime, adieu, bonsoir,
Mon bancal n'a plus de pouvoir!

# SCÈNE III

**LES MÊMES, TURLUPIN,** qui vient d'entrer.

**TURLUPIN.**

Roland renonce à l'amour qui t'enflamme,
La gloire vaut mieux qu'une femme,
La gloire mène à l'immortalité,
La femme à l'imbécilité.

**ROLAND.**

Qu'importe, j'aime mieux la femme

**ALTE-LA.**

Eh ! mais ! tu n'es pas dégoûté.

# SCÈNE IV

**TOUS LES PERSONNAGES DE LA PARODIE.**

**CHŒUR.**

Trahison, trahison, les combats recommencent
Pour nous attaquer de nouveau
Cent mille Sarrasins s'avancent
Dans les plaines de Rongeveau.

**CHŒUR.**

Roland, Roland, Roland, sonne ton cor d'ivoire

**ROLAND.**
Encor
Sonner du cor.

**CHŒUR.**

Roland, Roland, Roland, sonne ton cor d'ivoire.

**ROLAND.**
Voilà!
On y va!

(Il sonne dans son cor.)

**MARSEILLAISE DE ROLAND.**

Portez à notre auteur
Votre cri vainqueur.
En ce jour de fête
Crions à tue-tête,
Le public vaillant
Va suivre Roland,
Chacun beuglera
Vociférera
Et l'on sortira
Sourd de l'opéra.

**REPRISE.**

Portez à notre auteur etc.

(Le chœur se continue pendant que l'on danse une farandole à l'imitation du ballet de Roland à Roncevaux. — (La toile baisse.)

FIN.

Coulommiers. — Typ. A. Moussin et Ch. Unsinger.

# BIBLIOTHÈQUE DU THÉATRE MODERNE

### Format grand in-18 jésus sur velin glacé.

|  | fr. | c. |
|---|---|---|
| ADIEU PANIERS! comédie en 1 acte, par M. Alph. De Launay. . | 1 | » |
| CÉLIMARE LE BIEN-AIMÉ, comédie en 3 actes, par MM. Labiche et Delacour . . . . . . . . . . . . . . . | 2 | » |
| CORNEILLE A LA BUTTE SAINT-ROCH, comédie en 1 acte, en vers, par Ed. Fournier. . . . . . . . . . . . . | 1 | » |
| DANS MES MEUBLES, vaudeville en 1 acte, par M. J. Prével. | 1 | » |
| EH! ALLEZ DONC TURLURETTE! revue de l'année 1862, mêlée de couplets, en 3 actes et 7 tableaux, par MM. Th. Cogniard et Clairville . . . . . . . . . . . . | 1 | 50 |
| EH! LAMBERT! à-propos vaudeville, par MM. Clairville et J. Moineaux. . . . . . . . . . . . . . | 1 | » |
| EN BALLON, revue en 3 actes et 14 tableaux, par MM. Clairville et J. Dornay, in-4° avec vignette . . . . . . | » | 50 |
| J'VEUX MA FEMME, vaudeville en 1 acte, par M. J.-J. Montjoye. . . . . . . . . . . . . . . . | 1 | » |
| LÂCHEZ TOUT! revue en 3 actes et 15 tableaux, par MM. E. Blum et A. Flan, in-4° avec vignette. . . . . . | » | 50 |
| L'AUTEUR DE LA PIÈCE, comédie-vaudeville en 1 acte, par MM. Varin et Michel Delaporte. . . . . . . . | 1 | » |
| L'AMOUR QUI DORT, comédie en 1 acte, par M. Pagésis. . . | 1 | » |
| L'AVOCAT DES DAMES, comédie-vaudeville en 1 acte, par MM. Hipp, Rimbaud et Raimond Deslandes. . . . | 1 | » |
| LA CAGNOTTE, vaudeville en 5 actes, par Eugène Labiche et A. Delacour. . . . . . . . . . . . . . | 2 | » |
| LA CORNETTE JAUNE, vaudeville en 1 acte, par MM. Carmouche et ***. . . . . . . . . . . . . | 1 | » |
| LA CHANSON DE LA MARGUERITE, ou UN PEU, BEAUCOUP, PASSIONNÉMENT, vaudeville en 2 actes et quatre tableaux, par MM. A. Delacour et Henri Thiéry. . . . . . | 1 | » |
| LA CHERCHEUSE D'ESPRIT, opéra-comique en 1 acte, par Favart, remanié par Charles Hérold, musique arrangée par M. Pilvestre. . . . . . . . . . . . . | 1 | » |
| LA COMMODE DE VICTORINE, comédie-vaudeville en 1 acte, par MM. Eugène Labiche et Edouard Martin. . . . | 1 | » |
| LA COMTESSE MIMI, comédie en 3 actes, par MM. Varin et Michel Delaporte. . . . . . . . . . . . | 2 | » |
| LA DAME AU PETIT CHIEN, comédie-vaudeville en 1 acte, par MM. Labiche et Dumoutier. . . . . . . . . | 1 | » |
| LA DERNIÈRE GRISETTE, vaudeville en 1 acte, par M. Albert Wolff. . . . . . . . . . . . . . . | 1 | » |
| LE DOYEN DE SAINT-PATRICK, drame en 5 actes, par MM. de Wailly et Louis Ulbach. . . . . . . . . . | 2 | » |

fr. c.

La Fanfare de Saint-Cloud, opérette en 1 acte, par M. Siraudin, musique de M. Hervé. . . . . . . . . . 1 »

La Fiancée du roi de Garbe, opéra-comique en 3 actes, par MM. Scribe et de Saint-Georges, musique de M. Auber . 1 »

La Fille bien Gardée, comédie-vaudeville en 1 acte, par MM. E. Labiche et Marc Michel, 2e édition. . . . 1 »

La Fille de Molière, comédie en 1 acte, en vers, par M. Edouard Fournier. . . . . . . . . . . . . 1 »

La Fleur du Val-Suzon, opéra-comique en 1 acte, par M. Turpin de Sansay, musique de M. Douay. . . . . 1 »

La Femme coupable, drame en 5 actes, par M. Eugène Nus. 2 »

La Jeunesse de Mirabeau, pièce en 4 actes, par MM. Aylic. Langlé et Raimond Deslandes . . . . . . . . . 2 »

La Liberté des Théâtres, salmigondis mêlé de chant, en 3 actes et 14 tableaux, par MM. Cogniard et Clairville. . 1 50

La loge d'Opéra, comédie en 1 acte, par M. Jules Lecomte. 1 »

La malle de Lise, scène de la vie de garçon, par M. Edouard Brisebarre. . . . . . . . . . . . . . . . 1 »

La Revue au cinquième Étage, à-propos en 3 tableaux, par MM. Clairville, Siraudin et Blum. . . . . . . . 1 »

La Servante-Maitresse, opéra-comique en 2 actes, paroles de Baurans, musique de Pergolèse . . . . . . . 1 »

La Vieillesse de Brididi, vaudeville en 1 acte, par MM. Adolphe Choler et H. Rochefort. . . . . . . 1 »

Léonard, drame en 5 actes et 7 tableaux, de MM. Edouard Brisebarre et Eugène Nus. . . . . . . . . . . 2 »

Les Balayeuses, comédie en 1 acte mêlée de chant, par M. Marc Michel. . . . . . . . . . . . . . 1 »

Les Bienfaits de Champavert, comédie-vaudeville en 1 acte, par M. Henry Rochefort . . . . . . . . . . 1 »

Le Bouchon de Carafe, vaudeville en 1 acte, par MM. Dupin et Eugène Grangé . . . . . . . . . . . 1 »

Les Calicots, vaudeville en 3 actes, par MM. Henry Thiery et Paul Avenel . . . . . . . . . . . . . « 50

Le dernier Couplet, comédie en 1 acte, par M. Albert Wolff. . . . . . . . . . . . . . . . . 1 »

Les Ficelles de Montempoivre, vaudeville en 3 actes, par MM. Varin et Michel Delaporte. . . . . . . . 2 »

Les Finesses de Bouchavanes, comédie en 1 acte, mêlée de couplets, par MM. Marc Michel et Ad. Choler. . . . 1 »

L'Homme entre deux ages, opérette en 1 acte, par M. Emile Abraham, musique de M. Henry Cartier . . . . . . 1 »

L'Hotesse de Virgile, comédie en 1 acte et en vers, par Ed. Fournier, jolie impression de Perrin, de Lyon, 1 vol. grand in-18. . . . . . . . . . . . . . . . . 2 »

Les Illusions de l'Amour, comédie en 1 acte et en vers, par M. Ernest Serret. . . . . . . . . . . . . 1 »

Les Mémoires d'une Femme de Chambre, vaudeville en 2 actes, par MM. Clairville, Siraudin et Ernest Blum. . . . . 1 »

fr. c.

Les Mères terribles, scènes de la vie bourgeoise, 1 acte, par MM. Alfred Chiror et Henri Duru . . . . . . . .   1 »

Les Mousquetaires du Carnaval, folie-vaudeville en 3 actes, par MM. Grangé et Lambert Thiboust. . . . . . . .   1 50

Les 37 sous de M. Mautaudouin, comédie-vaudeville en 1 acte, par MM. Labiche et Ed. Martin .. . . . . . .   1 »

Le Mariage de Vadé, comédie en 3 actes et en vers, précédé d'un prologue, par MM. Amédée Rolland et Jean Du Boys.   2 »

Le Minotaure, vaudeville en 1 acte, par MM. Clairville et A. de Jallais. . . . . . . . . . . . . . . . .   1 »

Les Médecins, pièce en 5 actes, par MM. Edouard Brisebarre et Eugène Nus . . . . . . . . . . . . . . . .   2 ».

L'ouvrière de Londres, drame en 5 actes, par M. Hyppolyte Hostein . . . . . . . . . . . . . . . . . .   2 »

Le Paradis trouvé, comédie en 1 acte, en vers, par M. Edouard Fournier . . . . . . . . . . . . . . .   1 »

Les Pantins Éternels, pièce en 3 actes et 6 tableaux, par MM. Clairville et Jules Dornay . . . . . . . . . .   1 50

Le Pavillon des Amours, comédie-vaudeville en 1 acte, par MM. Paul Mercier et Henri Vernier. . . . . . .   1 »

Le Pifferaro, comédie-vaudeville, par MM. Siraudin, Alfred Duru et Henri Chivot. . . . . . . . . . .   1 »

Le Pilotin du grand Trois-Ponts, opéra-comique en 1 acte, paroles de M. Charles Étienne, musique de M. Auguste l'Éveillé. . . . . . . . , . . . . . . .   1 »

Les Projets de ma Tante, comédie en 1 acte et en prose, par M. Henry Nicolle . . . . . . . . . . . . .   1 »

Les petits Oiseaux, comédie en 3 actes, par MM. Eugène Labiche et Delacour, joli vol. grand in-18. . . . . . .   2 »

Le premier Pas, comédie en 1 acte, par MM. Labiche et Delacour. . . . . . . . . . . . . . . . . . .   1 »

Les Plumes de Paon, comédie en 4 actes, par M. Louis Leroy.   2 »

Le Propriétaire a la Porte, vaudeville en 1 acte, par M. Siraudin . . . . . . . . . . . . . . . . . .   1 »

Les Plantes parasites ou La vie en famille, comédie en 4 actes, par M. Arthur de Beauplan . . . . . . .   2 »

Le Point de Mire, comédie en 4 actes, par MM. Labiche et et Delacour . . . . . . . . . . . . . . . .   2 »

Les Relais, comédie en 4 actes et en prose, par M. Louis Leroy.   2 »

Les Secrets du grand Albert, comédie en 2 actes, mêlée de couplets, par MM. Eugène Grangé et H. Rochefort. .   1 »

Les Scrupules de Jolivet, vaudeville en 1 acte, par M. Raimond Deslandes. . . . . . . . . . . . . . .   1 »

Les Truffes, comédie en 1 acte, par MM. Ed. Martin et Ed. Meunier . . . . . . . . . . . . . . . .   1 »

Les Voisins Vacossard, comédie-vaudeville en 1 acte, par M. Marc Michel. . . . . . . . . . . . . . .   1 »

Le vrai Courage, comédie en 2 actes, par MM. Adolphe Belot et Raoul Bravard. . . . . . . . . . . . .   1 »

fr. c.

LE ZOUAVE DE LA GARDE, drame en 5 actes et 7 tableaux, par MM. E. Moreau et J. Dornay, in-4° avec vignette. . . **0 50**

MACBETH (de Shakspeare), drame en 5 actes, en vers, par M. Jules Lacroix, 2ᵉ édition. . . . . . . . . . . . . **2 »**

MISANTHROPIE ET REPENTIR, drame par Kotzebue, traduction nouvelle, en 4 actes, en prose, par M. Alphonse Pagès. . **1 50**

MON-JOIE FAIT PEUR, parodie de famille en 1 acte, par MM. Siraudin et Ernest Blum. . . . . . . . . . **1 »**

MOI, comédie en 3 actes, par MM. Eug. Labiche et Éd. Martin. **2 »**

MONSIEUR DE LA RACLÉE, scènes de la vie bourgeoise, par MM. Edouard Brisebarre et Eugène Nus . . . . . . . **1 »**

NOS ALLIÉES, comédie en 3 actes, par M. Pol Moreau. . **2 »**

NOS PETITES FAIBLESSES, vaudeville en 2 actes, par MM. Clairville, Henri Rochefort et Octave Gastineau. . . . . . **1 »**

PATAUD, vaudeville en 1 acte, par M. Paulin Deslandes. . **1 »**

PERMETTEZ, MADAME ! comédie en 1 acte, par MM. E. Labiche et Delacour. . . . . . . . . . . . . . **1 »**

PROCÉDURE ET CAVALERIE, vaudeville en 1 acte, par M. Henri Chlror et Alfred Duru . . . . . . . . . . . . **1 »**

SOUS LES TOITS, vaudeville en 1 acte, par M. Jules Prével. **1 »**

TROIS CHAPEAUX DE FEMME, comédie-vaudeville en 1 acte, par MM. Lafargue et Siraudin. . . . . . . . . . **1 »**

TROIS HOMMES A JUPONS OU L'AMOUR ET LA TEINTURE, vaudeville en 1 acte, par M. Carmouche. . . . . . . . **1 »**

UN AVOCAT DU BEAU SEXE, comédie-vaudeville en 1 acte, par MM. Siraudin et Choler . . . . . . . . . . . **1 »**

UN BAL D'ALSACIENNES, mascarade en 1 acte, par MM. Siraudin et Ernest Blum. . . . . . . . . . . . . **1 »**

UNE FEMME QUI BAT SON GENDRE, comédie-vaudeville en 1 acte, par MM. Varin et Michel Delaporte. . . . . . . . **1 »**

UNE FEMME, UN MELON ET UN HORLOGER ! vaudeville en 1 acte, par MM. Varin et Michel Delaporte. . . . . . . **1 »**

UN HOMME DE RIEN, comédie en 4 actes, par M. Aylic Langlé. **2 »**

UN HOMME DU SUD, à-propos burlesque, mêlé de couplets, par MM. Henry Rochefort et Albert Wolff. . . . . . . **1 »**

UN MONSIEUR QUI A PERDU SON MOT, comédie-vaudeville en 1 acte, par M. Jules Renard. . . . . . . . . . . **1 »**

UNE NICHE DE L'AMOUR, comédie-vaudeville en 1 acte par M. Victor Koning. . . . . . . . . . . . . . **1 »**

UNE SEMAINE A LONDRES, voyage d'agrément et de luxe, folie vaudeville en 3 actes et onze tableaux, par MM. Clairville et Jules Cordier. . . . . . . . . . . . . **1 50**

UN TAILLEUR POUR DAMES, comédie, par M. J. Renard . . **1 »**

UN TÉNOR POUR TOUT FAIRE ! opérette en 1 acte, par MM. Varin et Michel Delaporte, musique de M. Victor Robillard. **1 »**

ZÉMIRE ET AZOR, opéra-comique en 4 actes, par M. Marmontel, musique de Grétry . . . . . . . . . . . **1 »**

---

Coulommiers. — Typ. de A. MOUSSIN et CHARLES UNSINGER.

9 782016 179673